roman rouge

Dominique et compagnie

Sous la direction de
**Agnès Huguet**

# Nicole Testa

## Série Royaume de Pomodoro
# Le magicien des petits pains

Illustrations
## Fil et Julie

## Fiches pédagogiques des romans rouges

### dominiqueetcompagnie.com/pedagogie

– des guides d'exploitation pédagogique pour l'enseignant(e)
– des fiches d'activités pour les élèves

**Catalogage avant publication de Bibliothèque et Archives nationales du Québec et Bibliothèque et Archives Canada**

Testa, Nicole
Le magicien des petits pains
(Série Royaume de Pomodoro)
(Roman rouge ; 66)
Pour enfants de 6 ans et plus.
ISBN 978-2-89686-099-9

I. Fil, 1974- . II. Julie, 1975- .
III. Titre. IV. Collection : Testa, Nicole.
Série Royaume de Pomodoro.
V. Collection : Roman rouge ; 66.

PS8589.E843M33 2012   jC843'.54   C2011-941276-4
PS9589.E843M33 2012

Dépôts légaux : 1er trimestre 2013
Bibliothèque et Archives nationales du Québec
Bibliothèque nationale du Canada
Bibliothèque nationale de France
ISBN 978-2-89686-099-9
Imprimé au Canada

10 9 8 7 6 5 4 3 2 1

Direction de la collection
et direction artistique :
Agnès Huguet
Conception graphique :
Primeau Barey
Révision et correction :
Danielle Patenaude

**Dominique et compagnie**
300, rue Arran
Saint-Lambert (Québec)
J4R 1K5 Canada
Téléphone : 514 875-0327
Télécopieur : 450 672-5448
Courriel :
dominiqueetcie@editionsheritage.com
Site Internet :
dominiqueetcompagnie.com

Nous reconnaissons l'aide financière
du gouvernement du Canada par
l'entremise du Fonds du livre du Canada
et par le Conseil des Arts du Canada.

Nous reconnaissons l'aide financière
du gouvernement du Québec par
l'entremise du Programme de crédit
d'impôt – SODEC – Programme d'aide
à l'édition de livres.

À Lise St-Pierre, la boulangère,
et à son petit levain…

À Charlotte, Louis-David, Julie
et Mariane qui savent si bien
dorloter les pains.

À toute l'équipe
de la boulangerie
Les Baguettes en l'air

# Chapitre 1

# Le magicien des petits pains

Il existe, quelque part, un petit royaume comme tu n'en as jamais vu, le royaume de Pomodoro. Il est si bien caché que les voyageurs qui veulent s'y rendre passent tout près sans le voir. Pour le repérer, il suffit de suivre l'odeur de tomate. Un parfum de bonheur provenant d'une forêt d'arbres à tomates qui entoure le royaume.

Mais il n'y a pas que les tomates qui rendent les Pomodorois heureux. Il y a aussi les piccolini de maître Pafouto, le boulanger. Des petits pains qui chantent. Leurs frimousses, joufflues et dorées, ensoleillent la boulangerie. Manger un piccolini, c'est croquer dans une fête. Dès la première bouchée, la croûte se répand en confettis. La mie souffle des bulles de saveurs. Quel enchantement !

Les Pomodorois gardent toujours un piccolini près de leur cœur en guise de porte-bonheur. Et comme ils disent joliment les choses, ils appellent leur boulanger, le « magicien des petits pains ». Bien avant le lever du soleil, maître Pafouto prépare sa pâte. Puis, il la sépare en morceaux. Les boules de pâte endormies se laissent dorloter. Le boulanger les pétrit en leur chuchotant des mots

doux. Ensuite, il dépose chaque pâton dans un berceau d'osier. Il berce ses chérubins en leur fredonnant une chanson :

*Piccolino, piccolini*
*Petits pains popotins*
*Gonflez, gonflez*
*Piccolino, piccolini*
*Petites joues à bisous*
*Gonflez, gonflez*
*Piccolino, piccolini*
*Petits bedons tout ronds*
*Réveillez-vous !*

Les pâtons s'éveillent lentement. Ils s'étirent, s'arrondissent jusqu'à sortir de leur berceau. Maître Pafouto est ébloui devant cette pouponnière où des pains naissent sous ses yeux. Mais au moment de la cuisson, il sent germer en lui un grain de peur. Le bon boulanger est si attaché à ses pains qu'il s'inquiète chaque fois qu'il les abandonne dans le ventre noir du four ! Les Pomodorois qui aiment le taquiner le surnomment

« le boulanger dégonflé ». Heureusement, la cuisson se déroule toujours à merveille ! Dès le lever du jour, maître Pafouto invite tout le royaume à un concert pour Croûte et Mie. Aussitôt la porte du four ouverte, les piccolini émettent des sons croustillants :

*Craquemi croc*
*Croquemi crac*
*Craqueticriqueticroc*
*Croquemi crac*
*Craquemi croc*
*Croqueticriqueticrac*

Les Pomodorois quittent la boulangerie les bras chargés de petites
joues à bisous. Ils se rejoignent sous
l'arbre à pourpettes pour savourer
leurs gourmandises encore toutes
chaudes.

# Chapitre 2

# Le Chapeau de fée

Un matin, en ouvrant la porte du four, un spectacle désolant attend les Pomodorois. Les petits pains sont tout aplatis et leur croûte noircie. On n'entend que des *pouish* et des *fffouit.*

— Que se passe-t-il ? demande le roi au boulanger. Vos piccolini ont la mine coincée et vous êtes tout raplapla.

— C'est à cause du Chapeau de fée, soupire maître Pafouto.

– Le Chapeau de fée ? interroge Sorprésa.

– Oui ! Un pain enchanté, répond le boulanger.

– Un chapeau ? Un pain ? Expliquez-vous ! s'impatiente le roi.

– C'est l'arbre à pourpettes qui m'a parlé du Chapeau de fée. Un pain à la croûte plus brillante que de l'or et à la mie si légère qu'elle fond dans la bouche. Un pain qui gonfle de façon spectaculaire. J'en rêve depuis sept jours et sept nuits.

Voilà pourquoi je n'ai plus le cœur à bercer mes piccolini.

– Eh bien, confectionnez-le votre Chapeau de fée ! s'exclame le roi.

– Impossible ! déclare maître Pafouto. J'ai besoin d'un ingrédient magique pour le préparer : un champignon frileux.

– Un champignon frileux ? rigole le tout-petit. Et ça pousse où ?

Le boulanger ouvre des yeux effrayés :

– Ça ppp... pousse dans la grotte Gloutonne, sous les monts Bleus.

—Alors, allons chercher ce champignon, propose Dame Pizzelle, la reine. Nous vous accompagnerons.

—NON ! Vous n'y ppp... pensez pas, aller sous terre ! Le noir y est si noir qu'on ne peut y voir le bout de notre nez. Nous nous ppp... perdrons.

—Bon, bon, comme vous voulez, conclut le roi.

• • •

Les jours passent et le boulanger a toujours l'air penaud. Une odeur de brûlé flotte au-dessus du royaume et donne la nausée aux tomates. En catastrophe, Dame Pizzelle rassemble tous les Pomodorois sous l'arbre à pourpettes.

– Sire ! Nous devons trouver ce champignon frileux ! implore la reine.

– Sans quoi, il n'y aura plus de fête dans les piccolini, se désole Sorprésa.

Le roi, entouré de ses gardes et des Pomodorois, se rend à la boulangerie. Maître Pafouto est assis sur un sac de farine.

– Vous ne pouvez vous encroûter de la sorte, dit le roi en entrant. C'est décidé, nous partons demain pour la grotte Gloutonne. Et vous venez avec nous !

– Mais, mais, mais…, bredouille le boulanger.

– Il n'y a pas de « mais », tranche le roi. Soyez prêt à l'aube !

Le boulanger est tourmenté. S'aventurer dans la grotte, c'est comme entrer dans un four tout noir et tout froid ! Dans son ventre, le grain de peur grossit.

# Chapitre 3

# La grotte Gloutonne

Le lendemain, les Pomodorois, le tout-petit, son farfel et les chiens à la queue empâtée, prennent le chemin de la grotte Gloutonne. Après une longue marche dans la forêt des arbres géants, ils atteignent les monts Bleus. En apercevant la grotte, le boulanger blêmit. L'entrée ressemble à une bouche aux dents pointues.

—Nous sommes dans le ppp... pétrin, prévient-il, terrifié.

Les Pomodorois se couvrent d'un manteau et allument leurs tomates lanternes. Ils entrent dans la grotte à la queue leu leu. Le boulanger est le dernier de la file.

—Brrr…, je n'aime pas ce froid et tout ce noir! marmonne-t-il.

Il avance à petits pas. Soudain, son pied glisse sur quelque chose de mou. Éclairant le sol, il aperçoit des insectes repoussants.

—OUACHE!

—OUACHE… ache… ache… ache…

– Qui a ppp… parlé ? pourpette le boulanger.

– Personne, le rassure Dame Pizzelle.

– Vous n'avez pas entendu ?

– Si, mais c'était l'écho de votre voix, poursuit-elle.

– Nous sommes dans le pétrin ! La grotte nous croquera.

Le groupe s'enfonce plus loin dans le ventre humide de la caverne. Une volée d'ombres surgit alors de l'obscurité et leur frôle la tête en poussant des cris perçants.

– Attention ! avertit le roi, baissez-vous !

– Qu'est-ce que c'est ? s'affole le boulanger.

– Sans doute des bêtes inoffensives, rétorque la reine.

– Des bêtes inoffensives ? Dans un endroit pareil ? Plutôt des monstres aux dents tranchantes. Nous sommes dans le pétrin ! La grotte nous dévorera.

Maître Pafouto n'ose plus avancer.

– Allez ! Grouillez-vous ! lui lance le roi. Nous n'avons pas de temps à perdre.

–Je n'irai pas plus loin, s'entête maître Pafouto.

–Restez ici si vous voulez. Nous poursuivons sans vous.

Le boulanger ne tient pas à rester seul. Il rejoint aussitôt les autres. Ils arrivent à un carrefour qui mène à trois couloirs.

–De quel côté allons-nous ? demande le tout-petit.

–Il faut prendre le corridor du centre, répond le boulanger. C'est ce que m'a dit l'arbre à pourpettes.

Personne n'a le temps de faire un pas. Un coup de vent, venu de nulle part, éteint les lanternes.

—HO! s'écrient les Pomodorois.

—HO… ho… ho… ho…, répète la grotte.

—Je vous avais PPP… PRÉVENU! pourpette le boulanger.

—PPP… PRÉVENU… nu… nu… nu…, retentit la grotte.

Il fait si noir que les Pomodorois ne voient même pas le bout de leur nez.

—Nous sommes PPP… PERDUS!!! hurle maître Pafouto.

– PPP… PERDUS… dus… dus… dus…

– AH ! LA FERME ! explose le boulanger.

– LA FERME… ferme… ferme… ferme…

– Comment osez-vous me parler ainsi ? s'offusque le roi.

– Euh, je m'adressais à la grotte ! Elle me rend fou !

Maître Pafouto grelotte. Le grain de peur a éclaté. Il se répand dans tout son corps.

– J'étouffe ! Je veux SORTIR !

– SORTIR… tir… tir… tir…

– Cessez de vous agiter ! On ne peut pas réfléchir, chuchote Dame Pizzelle.

– Vous pouvez réfléchir avec cette grotte qui radote ?

– C'est vous qui provoquez tout ce chahut ! Calmez-vous et la grotte se calmera à son tour !

– Surtout que personne ne bouge ! ordonne le roi.

Mais le boulanger, paniqué, continue d'avancer.

– Prenons-nous par la main, dit la reine aux Pomodorois.

Maître Pafouto est déboussolé.

Sans le savoir, il s'éloigne du groupe.
Il erre dans l'obscurité. Les baguettes
en l'air, il pourpette. La grotte pourpette de plus belle. Comme s'il y
avait cent boulangers dégonflés ! Il
s'époumone à s'en casser la voix.
Le silence tombe brusquement. Dans
le plus noir des noirs, le boulanger a
tout perdu : la voix, la lumière et ses
amis. Il tente d'appeler au secours,
mais pas un son ne sort de sa bouche.

« Le noir m'a effacé. La grotte m'a
digéré, pense le pauvre boulanger.
Et toi, vilaine frousse, tu durcis mon
ventre comme du pain sec. »

Au mot pain, maître Pafouto se rappelle soudain qu'il porte sur lui un piccolini. À tâtons, il fouille dans sa poche et trouve son porte-bonheur. Il l'embrasse et chantonne dans sa tête :

*Petit pain popotin*
*Petite joue à bisous*
*Petit bedon tout rond.*

Il prend une bouchée.

« Hummm…, qu'est-ce que je donnerais pour revoir ma boulangerie », se dit-il, attristé.

# Chapitre 4

# Le champignon frileux

Tout en dégustant son piccolini, maître Pafouto distingue au loin une étrange lueur. Prisonnier du noir, le boulanger n'a pas le courage de fuir. Il reste immobile en espérant ne pas être repéré. Il constate rapidement que ce qui vient vers lui n'a rien de monstrueux.

— Une grenouille ! ! ! Il n'y a pas de quoi s'effrayer, dit-il tout haut, surpris de recouvrer la voix.

Maître Pafouto observe la nouvelle venue. De chaque côté de sa tête, deux pommettes brillent comme des lumignons. Content d'avoir de la compagnie, il la salue :

– Bonjour, madame !

– Bourloup, fait-elle.

La grenouille s'approche. Puis s'éloigne. Elle revient vers le boulanger. Puis repart.

– Pourquoi cette danse ? Est-ce une invitation à vous suivre ?

– Bloup, affirme la grenouille.

– Pour aller où ? se demande-t-il, en trottant derrière elle.

Ils marchent, un bon moment, à travers un labyrinthe de corridors. L'un d'eux les conduit dans un incroyable jardin.

– Quel lieu féerique ! s'écrie le boulanger. C'est ici que vous vivez, madame ?

Au centre de la galerie, il y a un étang sur lequel flottent des lunes d'eau. Tout autour, le sol est recouvert d'un tapis d'étoiles. Pendant de

longues minutes, maître Pafouto ne dit plus rien, perdu dans sa contemplation.

—Bourlou, bloup, bloup, bloup, gargouille la grenouille, pour attirer son attention.

Le boulanger sort de sa rêverie. Sa nouvelle amie l'entraîne dans une pièce donnant sur le jardin. Elle est plongée dans la pénombre où règne une chaleur douce. Les pommettes de la grenouille brillent davantage, éclairant des lits de mousse super-

posés dans lesquels sont blottis...
des champignons.

– Les champignons frileux ! s'exclame
maître Pafouto. C'est vous qui les
faites pousser ?

– Bloup, dit la grenouille.

– Extraordinaire ! s'émerveille le
boulanger. Et comment saviez-vous
que j'étais à leur recherche ?

– Bloup, bloup, bloup, explique
la grenouille en dansant autour du
boulanger.

—Bloup, bloup, bloup, répond maître Pafouto, si ravi qu'il se met lui aussi à danser.

Après toutes ces émotions, le boulanger se sent épuisé. Il retire son manteau et l'étale sur le sol moelleux. Puis, il s'y allonge et sombre dans un profond sommeil. Il rêve qu'il dort sur un lit de mie, au creux d'un pain croûté. À son réveil, la grenouille est toujours là. Le temps de reprendre ses esprits, maître Pafouto cueille un champignon. Il le glisse, avec précaution, dans la poche de son tablier pour le garder bien au chaud.

– Comme j'aimerais que mes amis soient là, murmure-t-il.

Pour toute réponse, la grenouille se met en route en faisant clignoter ses pommettes. Le boulanger la suit de près. Soudain, une étrange musique parvient à ses oreilles.

–Ça me rappelle le tipétilli du tout-petit, dit maître Pafouto.

Plus il avance, plus le son lui est familier.

–C'est bien le tipétilli !

Il est tellement excité à l'idée de retrouver les siens, qu'il hulule de toutes ses forces.

–HOUHOU ! HOUHOU ! HOUHOU !

–HOUHOU... hou... hou... hou..., imite la grotte.

Le boulanger espère une réponse.
Il écoute attentivement.

–TO… to… to…, rapporte la
grotte.

–To, to, to ? Hummm…, si l'écho
répète la fin des mots, « to, to, to »
serait la fin de mon nom : « Pafouto » ?
Quelqu'un m'appelle ! Merci grotte,
tu es une formidable messagère !

Le boulanger est maintenant cer-
tain qu'il marche dans la bonne
direction ! En effet, il aperçoit bientôt
le scintillement des tomates lanternes.

–Maître Pafouto ! Maître Pafouto ! s'écrie le tout-petit en le voyant surgir d'un couloir. Quelle joie de vous revoir !

Tous les Pomodorois entourent le boulanger.

–Quelle frousse vous nous avez faite ! confie Dame Pizzelle.

–Lorsque nous avons rallumé nos lanternes, enchaîne Sorprésa, vous aviez disparu.

– Comment avez-vous fait pour les rallumer ? demande le boulanger, intrigué.

– Grâce au tout-petit, répond le roi. Il a joué un air de tipétilli et la lumière est revenue !

À son tour, le boulanger raconte ce qui lui est arrivé.

– Si j'ai retrouvé mon chemin, c'est grâce à cette gentille dame… grenouille. C'est elle qui cultive les champignons frileux. Et elle m'a donné la permission d'en cueillir un ! conclut-il.

– Magnifique ! se réjouit le roi.

– Regagnons le royaume, propose la reine, et nous pourrons goûter au Chapeau de fée.

La grenouille raccompagne les Pomodorois jusqu'à la sortie. Au moment de se séparer, le boulanger se penche vers son amie et lui dit tout bas :

– Vous êtes la plus merveilleuse des jardinières. Seule une fée peut créer autant de beauté.

– Bourloulou, bloup, bloup, bloup ! roucoule la grenouille en faisant clignoter ses pommettes.

En se relevant, il lance très fort :

– AU REVOIR, GROTTE !

– AU REVOIR...voir... voir... voir... bon boulanger...

Maître Pafouto sursaute. A-t-il bien entendu ? « Finalement, la grotte Gloutonne n'a rien d'un ogre affamé, songe-t-il. C'est une joueuse de tours ! »

Le retour se fait dans la joie. Maître Pafouto retrouve sa boulangerie. Tous les matins, il prépare des piccolini plus joufflus et dorés que jamais. Grâce au champignon frileux, le magicien des petits pains peut maintenant confectionner son chef-d'œuvre les jours de fête : un spectaculaire Chapeau de fée ! Après son aventure dans la grotte Gloutonne, le bon boulanger n'a plus peur de mettre ses pains au four. Et maintenant, qu'il sait que le plus noir des noirs cache de la lumière, il ne pourpette plus ! Enfin, presque plus. Je sais, ça semble farfelu. Mais tu peux me croire, puisque Pomodoro est un royaume comme tu n'en as jamais vu. D'ailleurs, une autre fois, je pourrai te parler du roi qui nourrissait son imagination en mangeant de la sauce aux tomates.

# Dans la collection roman rouge

La fée crapaud

La reine sucrée

Le tout-petit trésor